LE
BREVIAIRE
DES
POLITIQUES.

PAR

M. GALLIEN DE SALMORENC,

ANCIEN SECRETAIRE DE LA RESIDENCE DE FRANCE PRES LA REPUBLIQUE DE GENEVE,

Ego autem neminem nomino, itaque irasci mihi nemo poterit, nisi qui priùs de se voluerit confiteri.
CICER. Pro Leg. Maniliâ.

A LONDRES:

CHEZ { J. ROBSON LIBRAIRE DE S. A. R. LA PRINCESSE DOUAIRIERE DE GALLES, DANS NEW BOND STREET.
P. ELMSLEY, SUCC. DE P. VAILLANT, DANS LE STRAND.

DE L'IMPRIMERIE DE G. SCOTT, 1769.

EPITRE
DEDICATOIRE
A
M. de VOLTAIRE.

O Toi, dont le brillant & le rare génie,
Près de Corneille & de Milton,
A toujours dirigé les loix de l'harmonie,
Et vole aux cieux avec Newton ;
Sage, divertiſſant, folatre anachorete,
Qui, ſur le plus aimable ton,
Fais revivre, à *Fernex*, ta dernière retraite,
Bayle, Bolingbroke, & Platon.

❋❖❋

Chéri par les premiers Potentats de la terre,
Sublime & badin tour à tour,
Tantot homme d'esprit, tantot homme de Cour,
Tu fus toujours plus sur de plaire,
Que R*******, ce sophiste errant, insidieux,
Dont l'ame, belle, mais volage,
Depuis près de vingt ans, peint la sagesse au mieux,
Et n'en devient jamais plus sage.

❋❖❋

Tu te fis de bonne heure à Londres un grand nom,
Tu as, dans près de cent volumes,
En Prose, ainsi qu'en Vers, & de toute façon,
Fait seul l'ouvrage de vingt plumes ;
Au coin le plus flatteur ton triomphe est marqué,
Tu feras honte à tous les âges,
Et de ton sçavoir seul, justement disséqué,
L'on ferait dix grands personages.

❋❖❋

Au lieu d'avoir été ſi long-temps ton diſciple,
Si d'Albion j'euſſe été Roi,
Jamais je n'aurais eu de plaiſir plus ſenſible,
Que de t'avoir auprès de moi ;
Mais qu'eſt-ce-que je dis ? une telle chimère
Semble à ta gloire faire tort,
Car Londre a, pour le moins, cinq à ſix cent My Lords :
Et l'Univers n'a qu'un VOLTAIRE.

Je finis, car tu me comparerais peut-être
A ce diſciple extravagant,
Qui, par ce qu'il faiſait l'éloge de ſon maitre,
Se croiait être auſſi ſçavant ;
Mais, VOLTAIRE, voïons, ſois juge de ma cauſe,
Car jamais je ne me prévaux ;
Ton Elève peut il ſentir ce que tu vaux :
Et ne pas valoir quelque choſe ?

PREFACE.

LES préfaces ſont aujourdhui dans le plus grand diſcrédit, & je ſerais quaſi tenté de n'en point faire, s'il était poſſible à un auteur de renoncer au précieux privilège d'ennuïer ſes lecteurs; mais j'avoue tout net que je ne ſçais par où commencer : un bon Général eſt moins embarraſſé à la tête de ſes troupes, qu'un mauvais auteur à la tète de ſes écrits. Il ne ſçait exactement quelle contenance prendre. S'il affecte de l'humilité, on le m'épriſe; s'il fait le fier, on le rabaiſſe; s'il dit que ſon ouvrage eſt excellent, on en croit rien; s'il dit qu'il eſt pitoïable il eſt cru ſur ſa parole: quel parti prendra-t-il donc? Sera-ce celui de ne parler ni de lui, ni de ſon ouvrage? Oh la dure néceſſité! Oh la cruelle violence, pour un auteur!

Pour moi, je dirai que ces reflexions, tirées des meilleurs auteurs, tant anciens que modernes, mais mises différemment en oeuvre par le tour original, que je leur donne, & par l'application nouvelle, que j'en fais, sont, tantot morales, tantot politiques, ici comiques, l'à historiques, souvent satyriques, & quelquefois Chrêtiennes.

J'a eu du plaisir à les faire, & plus à les écrire; je souhaite que le Public en ait à les lire, & plus encore à les acheter: je me ferai toujours un veritable honneur de mériter son approbation, & un sensible plaisir d'avoir son argent.

****
***
**
*

DES FEMMES.

MARIEZ-vous, disait un pére à sa fille, & vous ferez bien ; ne vous mariez pas ; vous ferez encore mieux. Cela étant, répondit la fille, donnez moi promptement un mari, je me contente de faire bien : je laisse aux autres le soin de faire mieux.

Les femmes sont nos maitresses dans la jeunesse, nos compagnes dans l'âge viril, & nos nourrices dans la vieillesse : on a, à tout âge, des raisons de se marier.

Les femmes s'attachent aux hommes par les faveurs, qu'elles leur accordent : les hommes s'en détachent par ces mêmes faveurs.

Les femmes font extrêmes, ou pires, ou meilleures que les hommes : il n'y a point de milieu ; mais plus fouvent l'un que l'autre.

Un Ange peut quelquefois épouser un Diable incarné : le mariage de Socrates en eft la preuve (1).

(1) Diogen. Laert. Vitæ Philofoph.

Les femmes ſont le Paradis des yeux, le Purgatoire des bourſes, les Lymbes des penſées, & l'Enfer des ames.

La femme eſt un petit animal timide, mais redoutable ; il ne combat que pour être vaincu : & fait demander quartier, quand il ceſſe de ſe deffendre.

Il y a bien peu d'honnêtes femmes, qui ne ſe laſſent enfin de leur métier.

L'homme eſt plus fidéle au ſecrèt d'autrui, qu'au ſien : la femme eſt tout le contraire.

Cependant il est des femmes, qui ont fait le bonheur de leurs époux; elles étaient sans fortune: mais le mari en avait assez pour tous deux.

Quelqu'un voulait dissuader un grand Roi, d'épouser une Princesse issue d'une des plus anciennes maisons de l'Empire, uniquement parcequ'elle n'avait pas une fortune égale à la sienne. Je suivrais votre avis, repartit cet excellent Prince, si je la prenais pour son bien; Mais comme elle a, du coté du coeur, tout ce qu'il faut pour me rendre heureux, & que j'ai assez de bien pour l'un & l'autre, vous me permettrez de suivre mon inclination; il l'a suivie: & il s'en trouve bien.

S'agit il de vous marier? ne vous attachez pas uniquement à la beauté. Elle eſt tranſitoire ; ſa durée eſt celle d'un matin. Cherchez la vertu ; elle eſt de tous les âges : voila le véritable ornement d'une femme, & non les diamans.

C'eſt la vertu, qui fit le bonheur de Guillaume III. eſt deſon illuſtre épouſe. Comme aprés ſa mort, quelques ſeigneurs de la Cour l'exhortaient à convoler en ſecondes noces. Meſſieurs, leur dit le Roi, ſi vous avez déja oublié la Reine, j'en ſuis fache' : pour moi, j'y penſerai toute ma vie: en effet, ce Prince en particulier, & toute l'Angleterre en général, eurent toujours pour elle les ſentimens de tendreſſe, d'eſtime, de reſpect & d'admiration, qu'elle conſerve encore aujourdhui, pour la digne Princeſſe, qui eſt aſſiſe ſur le Trone.

Je ne ſçais qui des deux eſt le plus à plaindre, ou d'une vieille, qui'a a beſoin d'un jeune Cavalier, ou d'un jeune Cavalier, qui, faute de mieux, a beſoin d'une vieille.

Jettez un coup d'eil ſur l'hiſtoire des plus jolies femmes de l'antiquité, & vous verrez que leur beauté a été cauſe de leur infidélité envers leurs maris. Agamemnon, Ménélaus (1), Philippe (2), César, Pompée, Antoine, Brutus, Lucullus (3), tous ces grands hommes eurent alors l'honneur d'être d'une ſociété, qui eſt aujourd-hui plus étendue qu'on ne penſe.

(1) Gautruche, Hiſtoire Poëtique.

(2) Folard, Commentaires ſur Polybe.

(3) De St. Réal T. de l'infidélité des femmes.

Combien de gens, qui aprés quelque temps de mariage, n'ont plus rien de commun, que le nom, la misére, & la mauvaise humeur.

Il est des gens, qui se marient par partie de plaisir, ou pour se désennuier. Ils vont trouver la *marieuse* du quartier, qui conclut la mariage comme un marché. On marchande, on surfait, on mésoffre, on est pris au mot : c'est une emplette.

D'autres, qui n'ont pas le temps de marchander s'en vont chez le Notaire, lever une riche veuve, à peu-près comme on léve une charge aux *Parties Casuelles*.

Quoiqu'on ſoit ſouvent trompé, ce n'eſt pas la faute de *l'entremeteuſe* ; elle préſente le taux des filles à marier. On cherche, tout de ſuite, l'article du bien ; on laiſſe à part la femme : mais, on ne la retrouve que trop dans la ſuite.

Autrefois les gens qualifiés fuiaient toute alliance avec les négotians ; aujourdhui, l'argent a fait diſparaitre la preuve des *quatre quartiers*. Un Lord Commence par ſe ruiner avec les femmes de Weſtminſter, & finit par ſe rétablir avec une fille de la Cité.

DES GRANDS.

C'EST une flaterie de dire du bien des Grands, pendant leur vie, & une lâcheté d'en dire du mal, après leur mort : Il faut ſe taire.

De bien des gens, il n'y a que le nom qui vaille quelque choſe ; de près c'eſt moins que rien : de loin ils en impoſent.

Il ne faut jamais approcher des Grands, ou ne leur dire que ce qui peut leur plaire; rappellez vous ce que les Juifs disaient autrefois à leurs Prophêtes : DIC NOBIS PLACENTIA. (1)

La faveur du peuple, pour les Grands, est si aveugle, que, quand ils s'avisent d'être bons, elle va jusqu' à l'adoration.

Je connais des gens de rien, qui parlent sans cesse des Grands; cela est tout simple : ils se dédomagent, par là, de leur petitesse.

(1) Jérémie.

Le plus noble uſage, que les Grands puiſſent faire de leur grandeur, c'eſt d'en aider les petits : voila ce qui les rapproche de la Divinité. (1)

Tu te trompes groſſiérement, ſi, avec ce caroſſe, que ſix bêtes trainent, & que trois autres ſuivent, tu t'imagines valoir plus aux yeux d'un Philoſophe. Il écarte de toi tout cet attirail, qui t'eſt étranger ; il pénétre juſqu' à toi, & ſi tu es ſans mérite, il ne voit qu'un fat en Caroſſe.

(1) Nicole, Eſſais.

Les Grands ont bien tort de s'énorgueillir de la richeſſe de leurs habits, elle n'ajoute rien à leur bonheur réel. Diogènes le Cynique était auſſi heureux, ſous ſes haillons, qu'Alexandre le Grand, ſous ſa pourpre.

Une great-coat de 30 Schellins me garantit auſſi bien du froid, qu'un manteau de 25 Guinées.

On a la fiévre dans un lit de parade, comme ſur une paillaſſe; & je n'ai jamais entendu dire que, ni le Turban du Mufti, ni la Thiare du Pape, les garantiſſe, l'un & l'autre, de l'indigeſtion, de la goute, ou d'une attaque foudroïante d' apoplexie.

On meurt dans tous les états; la mort n'épargne personne. Grands, petits, pauvres, riches, Rois, bergers, tous, en un mot, lui païent également le tribut ordinaire.

Mors æquo pede pulsat
Pauperumque tabernas,
Regumque Turres. (1)

Les pauvres, dans le fond de leurs chaumiéres mêmes,
Sont sujèts à ses loix:
Et la Garde, & les Tours du Palais de Saint James,
N'en sauveut pas les Rois.

(1) Horat. Od.

DES MEDECINS.

IL eſt étonant que les Médecins portent l'épée à Londres ; comme s'ils n'avaient pas déjà aſſez de moïens de tuer les gens, ſans celui là.

Un Médecin eſt à proprement parler une Etre inutile, qui ſe fait païer pour conter des fariboles à un malade, juſqu' à ce que la nature l'ait guéri, ou que les remédes l'aïent tué.

Quand un Médecin a une fois adopté un systhême, il n'en changerait pas pour la Courone d'Arragon : Il croit son honeur intéressé à tuer ses pratiques d'une maniére uniforme.

On demandait à un malade, pourquoi il ne faisait point venir le Médecin : c'est, répondit il, par ce que je veux vivre encore un peu.

Les succès fortuits de quelques Charlatans, ont fait la fortune des Médecins. Charlatans, Médecins, c'est à peu-près la même chose : toute la différence qu, il y a c'est que les premiers laissent mourir : les seconds tuent.

Il n'y a pas grande différence entre un Médecin & un Intendant. Le premier ruine les corps les mieux conſtitués, & le ſecond les maiſons les mieux établies ; les maiſons ruinées font la fortune de celui-ci, & les corps ruinés, celle de celui là : celà revient au même.

Un malade eſt bien à plaindre ; il lui faut combattre tout à la fois, la maladie, la diéte, les argumens hièroglyphiques des Médecins, & les Médecines. (1)

Menkenius. de Charlat. Eruditorum.

C

C'eſt ſans raiſon, qu'on taxe d'impoſture, les Charlatans & les Médecins, par ce qu'ils diſent que leurs drogues ſont ſouveraines, & qu'elles guériſſent des plus grands maux: ils diſent vrai, puiſqu'elles les guériſſent eux mêmes de la pauvreté, & qu'en ouvrant, aux autres, les portes du cimétiére, elles leur ferment, à eux mêmes, celles de l'hôpital.

Un malade, qui laiſſe tout faire à la nature, riſque beaucoup; s'il laiſſe tout faire aux Médecins, il ne riſque pas moins; ainſi, hazard, pour hazard, je me confierais plûtôt à la nature, par ce que je ſuis ſur qu'elle n'a nul intérêt de faire durer la maladie.

Cependant les Médecins ſe croïent intéreſſés à expédier ainſi leur prochain. En effet, diſent ils, en guériſſant un malade, il lui faut tirer cent fois l'oreille pour être paiés de nos drogues; au lieu, qu'en l'envoïant en l'autre monde, ſes héritiers font honeur, ſur le champ, à nos mémoires d'Apothicaire, & nous regardent comme plus habiles que Dieu même, pour avoir expédié, en 24 heures de temps, ce qu'il avait été un ſiécle à faire.

Un très mauvais Peintre ſe fit Médecin, & comme on lui demandait la raiſon d'un tel changement : c'eſt, répondit il, par ce que, dans la Peinture, les fautes ſont expoſées aux yeux de tout le monde : au lieu que, dans la Médecine, elles ſont enterrées avec le malade.

Le Médecin, que l'on m'indique,

Sçait le Latin, le Grec, l'Hébreu,

Les Belles Lettres, la Physique,

La Chymie, la Botanique :

Chacun lui donne son aveu ;

Il aurait aussi ma pratique ;

Mais je veux vivre encore un peu.

Un Anglais prenait, avec répugnance, une Médecine en présence même du Médecin ; quoi ! dit celui-ci, vous craignez la Medecine ? non, dit l'Anglais, mais bien le Médecin.

Il en est des Médecins comme des prédicateurs : ils font le contraire de ce qu'ils disent.

Un Jésuite, natif de Montelimart, prêchait le Carême dans cette ville, où les bons morceaux ne sont pas haïs : comme il exhortait fort les habitans du lieu à faire maigre, & qu'il mangeait lui même ce qu'il y avait de meilleur en gras ; il en fureut tous scandalisez. Vous avez tort, Messieur, leur dit le Jésuite ; vous me donnez 25 Louis, pour vous dire, à l'Eglise, ce que je vous y dis ; si vous m'en donniez 50, pour le faire, je ne m'y engagerais pas. (1)

(1) Passetemps agréable, tom. 2.

Un Seigneur Anglais, voïageant en Suiſſe, y reconnut un Docteur en Médecine, qui avait été, près de 20 ans palfrenier dans ſon écurie. Comme il paraiſſait ſurpris d'un tel changement : Monſeigneur, lui dit le prétendu Médecin, je panſe les Suiſſes comme vos chevaux. J'en tuë beaucoup, il eſt vrai, mais j'en guéris quelques uns : & le tout par hazard. Je vous ſupplie, Monſeigneur, de ne pas me perdre ; laiſſez moi continuer de gagner mavie, aux dépends de celles des Suiſſes.

Un Médecin diſait que, de tous ceux, qu'il avait traités, il défiait à un ſeul de ſe plaindre de lui ; Je le crois bien, lui répondit un plaiſant ; car ils ſont tous morts.

Un Grand Seigneur était à table, & ſur le point de manger d'un excellent poiſſon, dont ſon Médecin, natif de Montelimart, & par cette raiſon là, fort gourmand, avait auſſi beaucoup envie. Celui cy, frappant ſur le plat, où était le poiſſon, dit : celà eſt de dure digeſtion. Le Seigneur, qui aimait mieux conſerver ſa ſanté, que ſatisfaire ſon gout, ne penſait plus à en manger ; mais aïant vu le Médecin, qui l'avalait ; eh ! quoi ! Monſieur, ne venez vous pas de me dire que celà était de dure digeſtion ? d'où vient donc en mangèz vous ? ce la eſt vrai, Monſeigneur, dit le Médecin, mais je parlais du plat, & non du poiſſon qui était deſſus : il eſt excellent, je vous jure.

Voulez vous guérir promptement
De, je ne ſçais quel mal, qui, je ne ſçais comment,
Vous ote vôtre bonne mine ?
Prenez moi, ſans retardement,
Je ne ſçais pas combien, ni de quelle racine,
Joignez y, je ne ſçais, quelle herbe également,
Mettez, je ne ſçais où, le tout bien chaudement,
Vous guerirez, je ne ſçais quand.
Bien des Docteurs en Médecine
Ne parlent jamais autrement.

Un de ces Médecins, qui font tant de visites,
Au malade, toujours, disait : tant mieux, tant mieux ;
Celui-ci, fatigué de ce style ennuieux,
Lui dit : mes héritiers pensent comme vous dites.

Une vieille femme envoïa chercher le Médecin. Celui-ci, aulieu de s'informer de sa maladie, lui demanda quel âge elle avait. Et comme elle répondit qu'elle n'avaitque 95 ans : vieille sorciére, lui repart le Docteur, combien donc vous en faut il. En même temps, il la couche, la purge, la saigne, la resaigne, se fait païer, la tuë, & s'en va.

Deux Médecins ſe diſputaient ſur la manière, dont on devait faire cuire une pomme pour un malade, ſans pouvoir s'accorder ſur un ſujèt de cette importance. Enfin, ils terminèrent, à l'amiable, le différend, par une volée de coups de canne, dans la chambre même du malade, qui, pour ſéparer Hypocrate & Galien, fut obligé de leur jetter au nez ſon pot de chambre.

Il faut cependant convenir qu'il y a des Médecins habiles. Il en eſt même qui le ſont doublement. L'exemple ſuivant en eſt une bonne preuve.

Un vieillard était hydropique,
Horriblement enflé, bref tout prèt à mourir.
Les Médecins du lieu mirent tout en pratique,
Pour lui donner ſecours, ſans pouvoir le guérir.
Il apprend, qu'en certaine ville,
Eloignée, environ, de trois lieues de chemin
Etait un Médecin habile.
Il ſe met en litiére, & va le voir ſoudin.
Sa femme, jeune, belle, & d'un mince corſage,
L'accompagne dans ce voïage.
Le Médecin était bien fait & vigoureux ;
De la Dame auſſitôt il devint amoureux,
Et ne s'attacha plus déſormais qu' à lui plaire.
Enfin il fit ſi bien, par ſes ſoins & ſon Art,
Qu'il ſçut, en peu de temps, déſenfler le vieillard,
Le tirant promptement d'affaire ;

Mais, dans le même temps, devenu favori
De la jeune & fringante Dame :
A mesure qu'il fit désenfler le mari,
Par un plaisant contraste, il fit e. . . . la femme. (1)

Il est probable que le convalescent, par reconnaissance, ne témoigna au Médecin aucun ressentiment de cette derniére cure, & qu'il la lui passa en faveur de la premiére. La femme, sans doute fut du même avis.

(1) Anecdotes Récréatives, tom. 4.

Je ſuis ſurpris que, dans Londres, où tout le monde fait des projèts, perſonne n'ait encore penſé à en préſenter un, qui ſerait de la plus grande utilité pour l'Etat. Ce ſeroit d'obliger tous les Médecins d'Angleterre, d'Ecoſſe, & d'Irlande, à ſe marier; ils donneraient, du moins, par là, quelques citoïens à l'Etat, pour le grand nombre de ceux, qu'ils lui enlévent tous les jours. Mais, peut être, qu'en dédomagement, ils en tueraient encore d'avantage: en commençant par l'auteur du projèt.

DE LA FIDELITE DUE AU SOUVERAIN ET A LA PATRIE.

APRES Dieu, ſoïez toujours Fidéle à votre Roi : Ne compromettez jamais votre honneur ſur cet article. (1)

(1) Grotius, de Jure Belli & Pacis.

Je ſçais que pluſieurs ont été les triſtes victimes de leur Fidelité; que leur partage a été l'exil, la priſon, la potence, & même la roué; cela, loin de vous arrêter, doit vous animer encore d'avantage. Mais, au pis aller, quel honneur, pour vous, d'avoir pour compagnons de gloire & d'infortune, Ariſtides (1), Miltiades (2), Montroſe (3), & Patkul (4)!

(1) Cornelius, in Ariſtide.

(2) Plutarque, Vie de Miltiades.

(3) Dorléans, Révolutions d'Angleterre.

(4) Voltaire, Hiſtoire de Charles XII.

Marchez ſur les traces de ces grands hommes, tous quatre, victimes de leur Fidélité, & non ſur celles de Thomas Becket, Archevêque de Canterberi (1). Il ſe révolta trois fois, au nom de Dieu, contre Henri II. Roi d'Angleterre, ſon légitime ſouverain, qui, pour prévenir une quatriéme rébellion, s'en défit, à peu-près, comme Henri III. Roi de France, ſe débarraſſa du Duc de Guiſe. (2)

(1) Rapin Thoyras, Hiſtoire d'Angleterre.

(2) Mémoires de l'Etoile.

Il eſt dangereux de tremper dans une affaire ſuſpecte; mais il l'eſt bien d'avantage de s'y trouver complice d'un Grand Seigneur: ſa grandeur le ſauve, votre petiteſſe vous perd, vous païez pour tous deux; il commence par ſe tirer d'affaire: & vous finiſſez par être pendu.

Plus on eſt dans la faveur d'un peuple, plus on eſt voiſin de ſa chute. La populace eſt toujours capricieuſe, & jamais conſtante; aujourd-hui toute de feu: demain toute de glace. Un ſéditieux l'anime; le *Brandy* la met en fureur; & le premier coup de fuſil en déroute.

DES

VERTUS ET DES VICES.

LA vertu eſt une choſe, dont tout le monde parle, que pluſieurs ſe flattent d'avoir, que quelques uns poſſédent, & dont peu ont une véritable ideé.

La vertu eſt ſa propre récompenſe; ſans le Secours du Blazon, elle nous rend nobles en ce monde ci, & heureux en l'autre.

Avec toutes les vertus poſſibles, on n'eſt jamais ſans un défaut.

Les petits ſont quelque fois chargés de vertus inutiles : il leur manque l'occaſion de les mettre en oeuvre.

Ce n'eſt pas aſſez d'avoir de grandes vertus : il faut encore en avoir l'économie :

Il y a des défauts, qui, mis en oeuvre, brillent plus que la vertu même.

Il y a une infinité de conduites, qui paraiſſent ridiculement abſurdes, mais dont les raiſons cachées ſont très ſages.

Je connais, à Londres, une perſonne, qui n'a d'autre mérite, que celui de faire, & de dire utilement des ſotiſes : elle gâterait tout, ſi, par diſtraction, elle changeait de conduite.

Notre mérite nous attire l'eſtime des connaiſſeurs, & notre étoile, celle du public.

La vertu n'irait quelquefois pas ſi loin, ſi la vanité ne lui tenait compagnie.

C'eſt par ſa vertu, qu'on doit juger du mérite d'un homme, & non par ſes Guinées, ni par les bêtes, qui ſont dans ſon écurie, ou dans ſon antichambre.

Se repréſenter le bonheur du ſage, & le malheur du ſot, c'eſt s'intéreſſer à être vertueux.

Un grand mérite eſt quel que fois plus difficile à ſupporter, que de grands défauts.

Ce n'eſt, ni la fortune, ni l'induſtrie, qui donnent le vrai mérite : elles le font ſeulement valoir.

Les honnêtes gens ſe déclarent ouvertement pour la vertu : les coquins secrétement.

Le moindre écart, que fait une perſonne accomplie, eſt comme une Eclypſe : tout le monde la voit.

Quand on a un penchant naturel pour la Vertu, il eſt beau d'en être l'eſclave; mais il n'eſt pas toujours à propos d'en porter la livrée.

Celui qui eſt dans le chemin de l'honneur, doit toujours être dans celui de la vertu.

Il n'y a d'azile ſûr, que celui, où l'on peut échaper à la honte & au repentir : c'eſt la vertu.

Le monde récompenſe plus ſouvent les apparences du mérite, que le mérite même.

Il y a des héros en mal, comme en bien: Cromwell en eſt la preuve. (1)

(1) Nani, Hiſt. Venet.

Les ſots ont des vices énormes, les gens d'eſprit en ont de médiocres; mais il ne convient qu'aux grands hommes d'avoir de grands défauts.

Les vertus ſe perdent dans l'intérêt, comme les fleuves dans la mer; & il eſt ſouvent difficile de décider, ſi un procéde honnête, eſt un effet de la générosité ou de l'intérêt,

On ne mépriſe pas tous ceux, qui ont pluſieurs vices, mais tous ceux, qui n'ont aucune Vertu,

Il eſt quelquefois du mérite, ſans élévation: & jamais d'élévation, ſans mérite.

L'hypocrisie est un homage, que le vice rend à la Vertu.

Il faut plus de Vertus, pour supporter la bonne fortune, que la mauvaise.

Pour être vertueux, il faut faire souvent le contraire des autres : Ce n'est pas un éloge pour le siécle.

La nature fait le mérite, l'art le perfectionne : la fortune le met en oeuvre.

On ne fait quelquefois du bien, que pour faire impunément du mal.

Loüer quelqu'un, en face, des Vertus qu'il a, c'eſt le taxer de vanité ; S'il ne les a pas, c'eſt lui dire impunément des injures, mais des injures, qu'on pardonne facilement.

Reſervez vos biens pour les occaſions, uſez des occaſions pour vous même, ſervez vous de vous même pour votre ame, & appliquez vôtre ame au ſervice de Dieu : il aura ſoin du reſte.

L'homme vertueux regarde Dieu, comme témoi de ſes actions, & l'Univers, comme ſa patrie; κοσμȣ πολιθης ειμι, diſait un ſage ; (1) il avait raiſon.

(1) Rob. Etienne, Tréſor de la Langue Grecque, au mot Κοσμος.

Nos Vertus ne ſont ſouvent que des vices déguiſés : La vanité, la honte, le tempérament: voila ſouvent la cauſe de la valeur des hommes, & de la Vertu des femmes.

Le moïen le plus ſûr de ſe venger d'un ennemi jaloux, c'eſt d'être encore plus vertueux ; Par ce moïen, de deux choſes l'une, ou il crevera de rage, ou il deviendra votre ami : il n'y a pas de milieu.

Mettez des bornes à votre zéle par la diſcrétion, à l'erreur par la vérité, à vos paſſions par la raiſon, à la diviſion par la charité, & au ſcandale par le bon exemple.

Détromper quelqu'un, préoccupé de ſon prétendu mérite, c'eſt lui rendre un auſſi mauvais ſervice, qu' à ce fou de *Bedlam*, qui s'imaginait gratuitement que tous les vaiſſeaux, qui entraient dans le portde Londres, lui appartenaient : on eut là cruanté de lui démontrer le contraire.

L'argent donne du crédit, la Vertu de la conſidération : l'un & l'autre ſont bons.

Les Rois ſont des hommes, comme des piéces de monoie ; ils les font valoir ce qu'ils veulent, & non ce qu'ils valent : il faut les prendre ſelon leur cours, & non ſelon leur valeur.

La marque infaillible d'un mérite rare, c'eſt lorſqu'il a des admirateurs, même dans ceux qui l'envient le plus : Guillaume III. George I. & le Grand Turenne, étaient, tous trois, dans ce cas là. (1)

On ne doit, ni s'énorgueillir des Vertus, ni rougir des défauts qu'on tient de la nature.

Cependant il eſt un homme, fort louche, mais encore plus ſot : celà eſt naturel chez lui. Sa fureur eſt de vouloir paſſer pour avoir de l'eſprit & des beaux yeux ; ſa paſſion eſt dêtre friſé autrement que les autres ; de cacher un de ſes vilains yeux, ſous un chapeau, haut d'une toiſe, ſur une de long, & ſur trois de circonférence ; comme ſi, pour être ridicule, on ceſſait dêtre ſot & louche.

(1) Raguenet, Hiſtoire de M. de Turenne.

Il est des gens, qui, pour déguiser leurs vices, prennent le manteau de la Vertu. (1)

Philis, en tous lieux méprisée,
Par sa conduite déréglée,
Voulait voir une Fête, & dit à ses amis ;
D'un Spectacle si beau je veux avoir la vûë,
Comment me déguiser pour n'être pas connuë ?
De grace, sur cela, donnez-moy vos avis.
Parbleu, lui dit ungros champêtre,
Vous vous embarassez pour rien ;
Mettez vous en femme de bien :
Nul ne pourra vous reconnaître.

(1) Théophraste, Caractères.

Puisque j'ai commencé ce chapitre, en disant que la Vertu était sa propre récompense ; je le termine, en assurant que le crime est son propre bourreau. Notre conscience est un tribunal portatif, qui nous condamne toujours, & dont il n'est pas en notre pouvoir de décliner la Justice : Ses remords sont pires que les gibèts de Tyburn.

POT POURRI

POUR

TOUT LE MONDE.

LA tristesse attendrit l'ame; la désolation l'endurcit.

L'occasion de faire des heureux est rare; la punition de l'avoir manquée, est de ne la plus retrouver.

On ne doit jamais rougir d'avoüer ſes fautes ; dès-lors, elles ſont, à moitié, pardonnéès.

Travailler eſt un devoir indiſpenſable; tout citoïen oiſif ne doit pas manger, (1) dit St. Paul : c'eſt un fripon.

S'abſtenir pour joüir, c'eſt l'Epicuréïſme de la raiſon.

L'ignorance n'eſt un obſtacle, ni au bien, ni au mal : c'eſt l'état naturel de l'homme.

L'homme ne penſe guères, dit Rouſſeau de Genève ; penſer eſt un art, qu'on apprend comme un métier.

(1) St. Paul. Epiſt.

Le coeur ne reçoit des loix, que de lui même : en voulant l'enchainer, on le dégage ; on l'en chaine, en le rendant libre.

Le vrai moyen d'être trompé, c'eſt de ſe croire plus fin que les autres.

On eſt quelquefois auſſi différent de ſoi-même, que des autres : Rouſſeau en eſt la preuve.

Les bonnes copies ſont celles, qui nous font remarquer le ridicule des méchans originaux.

On ne louë d'ordinaire, que pour être loüé ; & on ne dit ſouvent du bien des autres, que pour que les autres en diſent, à leur tour, de nous.

Un homme d'eſprit ſerait quelquefois bien embarraſſé ſans la compagnie des ſots ; ils lui donnent de l'eſprit : ils ſont ſes menus plaiſirs.

L'eſpérance, toute trompeuſe qu'elle eſt, ſert aumoins à nous mener agréablement à la fin de notre carrière : c'eſt toujours autant de pris en ce monde.

Le deſir de paraitre habile empêche ſouvent de le devenir : voila pourquoi le Genevois Comparet a été, eſt, & ſera un ſot toute ſavie.

Il eſt des crimes, qui deviennent glorieux par leur éclat & leur excès.

Nous arrivons, tout nouveaux-venus, aux différens âges de la vie, & nous y manquons souvent d'expérience, malgré le nombre des années.

Les vices nous attendent dans le cours de la vie, comme des hôtes, chez qui il faut successivement loger ; & j'ai lieu de douter que l'expérience nous les fit éviter, quand même il nous ferait permis de recommencer notre carriére.

Deux ans de chagrin ne païent pas un sol de dettes.

La meilleure étude de l'homme, est celle de l'homme même.

La patience est le remède contre la calomnie : le temps découvre la vérité.

Il eſt plus aiſé de paraitre digne des places, qu'on n'a pas, que de celles qu'on a.

La gravité eſt un myſtère du corps, pour cacher les défauts de l'eſprit.

Il y a des méchans, qui feraient bien moins dangereux, s'ils n'avaient aucune bonté.

Il eſt plus dangereux de faire du bien à la plûpart des hommes, que du mal.

Tout le Monde dit du bien de ſon coeur, & perſonne n'oſe en dire de ſon eſprit, ni de ſa figure.

Il n'y a que ceux, qui ſont mépriſables, qui craignent d'être mépriſés.

On n'avouë ſouvent de petits défauts, que pour perſuader qu'on n'en a pas de grands.

On s'ennuïe toujours auprès de qui il n'eſt pas permis de la faire.

Tout le temps, qu'on pourait mieux emploïer, eſt un temps perdu.

La raiſon nous trompe ſouvent : & jamais la nature.

Il faut une ame ſaine, pour ſentir les douceurs de la ſolitude.

C'eſt une grande fineſſe que de pouvoir cacher ſon habilité. Une ſimplicité affectée eſt une impoſture délicate ; il ſuffit quelquefois de paraitre groſſier, pour ne pas être la dupe d'un homme habile : je connais, dans Londres, une perſonne, qui eſt, ſans contredit, le premier Cuis..... d'Angleterre, qui, ſous un air niais, cache, quand il veut, la plus profonde politique.

DU JEU.

LE Jeu, ſelon moi, eſt une eſpèce de Republique, mal policée; tout y devient égal: un homme de rien y prend, avec ſon argent, à coté d'un homme comme il faut, la place, que ſa carte lui donne.

On banit de ces lieux privilégiés, la décence, l'honnéteté, le reſpect, &, ce qui eſt encore pire, tout ſentiment d'humanité. On y eſt ſi impitoïable, que la donleur de l'un, fait le plaiſir de l'autre, & que la ſatisfaction de celui-ci, fait le déſespoir de celui-là.

Cacher, sons un nom noble, une basse avarice ;
Dans des plaisirs trompeurs, trouver de vrais ennuis ;
Passer, dans le désordre, & les jours & les nuits ;
S'écarter, tant qu'on peut, de l'exacte justice ;
Entrer en des fureurs, presque à tous les momens,
Assaisonner ses mots d'exécrables sermens ;
Maudir de l'Eternel la sage Providence,
Avoir le coeur en trouble & le visage en feu :
Jurer le nom de Dieu, s'emporter sans décence,
Voilà ce que, dans Londre, on appelle le Jeu.

Quelqu'un, qui m'intéresse plus qu'on ne pense, aïant perdu, en dupe, environ 50 Guinées, depuis le peu de temps, qu'il est à Londres, a juré de ne plus jouer; il a tenu parole: & il s'en trouve bien. Comme il s'avise quelquefois de faire des vers, que des personnes, de la plus haute considération ont la bonté de trouver passables, on ne sera peut être pas faché de trouver ici la vive sortie, qu'il fit sur le Jeu, le jour même, où il en fut la triste victime. La voici:

Funeste erreur, vaine ressource
D'une coupable oisiveté,
Où le temps, si prompt en sa course,
Ne fut jamais trop regretté;
Passion, que le hazard guide,
Fureur, où le Diable préside;

De l'opulence trifte écueïl,
Source féconde d'indigence :
Ecarte, loin de ma préfence,
L'horreur, le blafphême & le deuïl.

Celui qui a gagné n'eft capable de rien : celui qui a perdu eft capable de tout.

Une perfonne, qui devait fe battre en duel, propofait a un de fes amis, qui avait beaucoup gagné la veille, de lui fervir de fecond; mon cher, lui dit le joüeur, je gagnai hier 1500 Guinées fort adroitement, & je me battrais fort mal aujourd-hui ; mais addreffez vous à celui qui les a perdues ; il fe battra comme un Diable : car il n'a pas le fol.

DE

L'HUMANITE.

LA Clémence, dont on fait quelquefois parade s'exerce, tantôt par vanité, quelquefois par pareſſe, ſouvent par crainte, & preſque toujours, par tous les trois enſemble.

Il eſt des gens, qui ont la fureur de vouloir, à quelque prix que ce ſoit, paſſer pour humains : ſi vous avez le malheur d'en douter, ils ſont capables de vous couper la gorge pour vous en convaincre.

M. De Vendôme avait beaucoup d'humanité; son Intendant en avait fort peu : c'est l'ordinaire. Celui-ci, trouvant que son maitre avait trop de gens inutiles dans son hôtel, lui proposa de les mettre à la porte, sous prétexte que son Altesse n'avait pas besoin d'eux : Je le sçai, lui répondit cet excellent Prince, mais ils ont besoin de moi.

DES PASSIONS.

IL y a dans le coeur humain une régénération perpétuelle de passions, de sorte que la ruine de l'une, est, presque toujours, l'établissement de l'autre, qui, très souvent, lui est diamétralement opposée; la prodigalité produit l'avarice. On est ferme par faiblesse : & audacieux par timidité.

La raison nous montre notre but : les passions nous en éloignent.

Les paſſions ſont plus anciennes que la raiſon ; les premiéres naiſſent avec nous : la ſeconde ne vient qu'avec l'âge.

Les paſſions ſont les ſeuls Orateurs, qui perſuadent : l'homme le plus ſimple, qui a de la paſſion, perſuadera meux que le plus éloquent, qui n'en a point.

La mérite d'un homme n'eſt pas d'être ſans paſſion, mais de les vaincre.

Les paſſions ſe font, au dedans de nous, comme une eſpéce de guerre civile, & ſelon que l'une ou l'autre l'emporte, nous ſommes bons ou maivais : C'eſt un barométre.

Il eſt plus difficile de triompher de ſes paſſions, que du Roi de Pruſſe, quoi qu'on ne le batte pas aiſément.

Alexandre & Scipion ſe ſont plus fait d'honneur, en reſpectant l'un, les filles de Darius, l'autre, la Belle Eſpagnole, qu'en triomphant des Perſes (1), & des Carthaginois (2)

(1) Q. Curtius, de Rebus Geſt. Alexandri.

(2) T. Livius, Decad. 2.

DE LA RECONNAISSANCE ET DE L'INGRATITUDE.

RENDEZ un bon ſervice à quelqu'un, il le craïonera légérement ſur le ſable; rendez lui en un mauvais: il le gravera profondement ſur l'acier.

Un trop grand empreſſement à témoigner ſa reconnaiſſance, eſt quelquefois une effet de l'ingratitude.

Il eſt agréable de rencontrer dans la rue les yeux de la perſonne qu'on a obligée : Celle ci, quelquefois, ne penſe pas de même.

On ne trouve des ingrats, que lors qu'on n'a plus de quoi s'attirer la gratitude.

Ce qui fait le mécompte de la reconnaiſſance, qu'on attend des ſervices rendus, c'eſt que l'orgueil de celui qui donne, & l'orgueil de celui qui reçoit ne peuvent convenir du prix du bien-fait ; L'orgueil ne veut pas devoir, l'amour propre ne veut pas paier : cela eſt, à peu-près de même.

On ouble non ſeulement les bien-faits & les injures, mais encore on hait, quelquefois, ſon bien-faicteur : l'application à récompenſer le bien, & à punir le mal, eſt une trop grande ſervitude.

Rien de plus beau que la reconnaiſſance; rien de plus affreux que l'ingratitude. Deux fameux Poëtes, Greſſet (1) & Voltaire (2), ont repréſenté tette derniére ſous les couleurs les plus noires, tous deux dans une ode particuliére. Il ne me convient pas de décider qui des deux a le mieux réüſſi: le lecteur en ſera lui même l'arbitre. Le long ſejour, que j'ai fait auprès de M. de Voltaire, à qui je dois ce que je ſuis, & ce que je ſçais, les bontés, dont il ma toujours comblé, tout cela, dis-je, rendrait mon jugement ſuſpect. Je ne ſçais même ſi l'on n'aurait pas quelque raiſon de ſoupçonner l'élève d'un peu de partialité pour ſon maitre: aureſte, une telle faute ſerait pardonnable: il n'y a pas au monde de plus bel excès, qui celui de la reconnaiſſance.

(1) Greſſet Ode ſur l'ingratitude, tom. 2.

(2) Voltaire Ode ſur l'ingratitude, tom. 16.

DE L'AMITIE.

L'AMITIE, dit Cicéron, eſt une choſe ſacrée; c'eſt le préſent, le plus beau, que le Ciel ait fait à la terre: nous lui devons nos homages.

Un ami eſt une compagnie dans le ſolitude, un aide dans les affaires, un deffenſeur dans le danger, un protecteur dans l'oppreſſion, un conſeiller dans les difficultés, un confeſſeur dans les ſcrupules, en un mot, un ſanctuaire dans le malheur.

Un ami eſt, comme un miroir, qui nous fait appercevoir nos défauts. Un ennemi nous rend quelquefois le même office; mais ce n'eſt pas dans la même intention: qu' importe?

La conformité de ſentimens fait naitre l'amitié: la diverſité la détruit.

Le temps détruit l'amour: il fortifie l'amitié.

Heureux celui qui trouve un ami; mais plus heureux encore celui qui peut s'en paſſer.

Nécoutez pas le mal, qu'on vous dit de votre ami; n'en dites pas de votre ennemi. Ne croïez pas tout ce qu'on vous en dit; & n'en dites pas tout ce que vous en croïez.

Quoiqu'il soit plus honteux de se méfier d'un ami, que d'en être la dupe ; cependant, s'il vous fait plus de démonstrations d'amitié, qu' à l'ordinaire, tenez-vous sur vos gardes : il vous a joué un tour, ou il vous le prépare.

Plusieurs sont amis de notre fortune : peu le sont notre personne.

Choisissez parmi vos connaissances, ceux, avec qui vous êtes le plus lié ; & parmi ces derniers, trouvez, si vous pouvez, un véritable ami.

Notre réconciliation avec nos ennemis, n'eſt, fort ſouvent, qu'une envie de rendre notre condition meilleure, une laſſitude de la guerre, une crainte de quelque facheux événement.

Songez que tout homme peut aiſément devenir votre ennemi, & non votre ami. Tous peuvent faire du mal : très peu ſont en état de faire du bien.

Ne faites jamais votre ami, d'un poltron ou d'un ivrogne. Le premier vous abbandonnera dans le danger, le ſecond vous trahïra dans l'ivreſſe : l'un & l'autre ſont également dangereux.

Ce n'eſt pas dans la proſpérité, qu'on connait un ami, c'eſt dans l'adverſité. (1)

Dans la premiere, vous aurez toujours bonne compagnie: dans la ſeconde, vous ſerez ſeul. (2)

Donec eris dives, multos numerabis amicos;
Tempora ſi fuerint nubila: Solus eris.

(1) Philelphus, T. de Amicit.

(2) Ovidius. Triſtium lib.

Rien de plus rare que deux véritables amis; l'hiſtoire du monde entier ne m'en offre que trois ou quatre paires: Achilles & Patrocles (1), Nyſus & Euryale (2), Pylades & Oreſtes (3), Mentor & Télémaque (4), Alexandre & Epheſtion (5).

Il y a peu d'amitié entre les parens, ſurtout entre les frères: pour un Caſtor & un Pollux, (6), combien d'Etéocles & des Polinices, (7).

(1) Homerus, Iliad.

(2) Virgilius. Eneid.

(3) Cicero. de Amicitiâ.

(4) Fenelon. Télémaque,

(5) Arrianus. Hiſtor. Alexand.

(6) Juvencius, Appendix de Diis.

(7) Giraldus. imagines Deorum.

Un grand changement, dans la fortune, en apporte, quelquefois, un plus grand dans l'amitié. L'hiſtoire d'Angleterre nous en fouruit une bonne preuve ; la voici.

Clément VII. qui n'était rien moins que clément, avait toujours, avant d'être Pape, été le meilleur ami d'Henri VIII. Roi d'Angleterre, qui l'avait comblé de bien-faits. Apeine ſe vit il la Thiare ſur la tête, que, de Cardinal ami, il devint Pape ennemi. Toute l'Angleterre fut étonnée d'une ſi noire ingratitude ; mais ce fut ſans raiſon : un Pape n'eſt pas obligé d'avoir de la reconnaiſſance.

DE LA PRUDENCE.

LA Prudence eſt la ſage femme des actions.

Penſez tout ce que vous dites : mais ne dites pas tout ce que vous penſez.

L'opinion eſt le guide des ſots : la raiſon l'eſt des ſages.

Il vaut mieux parler peu, penſer beaucoup, & faire encore plus, que de parler beaucoup, penſer peu, & faire encore moins. Il eſt, en Europe, deux peuples, aux quels ces lignes conviennent merveilleuſement.

Eſperez couragenſement, déſeſperez prudemment, ne craignez rien : & prenez garde à tout.

Uu ſot s'aviſe quelquefois de reflechir, mais ce n'eſt jamais, qu' après une ſotiſe ; ſemblable aux Phrygiens, qui, quand quelque grand malheur leur était arrivé, aſſemblaient leur conſeil, pour ſçavoir comment ils auraient pû le prévenir : il étail bien temps.

Le ſilence donne du poids aux penſées, & du crédit aux paroles.

Le doute eſt l'école de la vérité.

On ſe repent rarement de ne rien dire, & preſque toujours de trop parler ; maxime uſée. Tout le monde la ſçait : perſonne ne la pratique.

Il eſt quelquefois plus dangereux de dire du bien d'un coquin, que du mal d'un honnête homme.

C'eſt une grande misère de n'avoir, ni aſſez d'eſprit pour parler, ni aſſez de bon ſens pour ſe taire : c'eſt le principe de toute folie.

Celui qui eſt en voïage, & qui, pour mettre ſon argent à l'abri des voleurs, ne porte, ſur lui, qu'une ſous-Guenille, n'en a pas moins ſon or ſous ſes haillons.

Nous manquons plus ſouvent aux occaſions, que les occaſions ne nous manquent.

Il n'y à pas de meilleur antidote contre la fraude, que la précaution.

Il faudrait un ſiécle pour acquerir de l'expérience, & un autre pour en profiter.

Rien n'eſt plus ſot que la jeuneſſe : rien ne croit l'être moins. C'eſt la fiévre de la raiſon.

La langue eſt le témoin le plus faux du coeur.

Il faut penſer avant de parler. Un Duc de Bourgogne diſait à ſon fils: Penſez aujourdhui, & parlez demain. (1)

Penſez murement avant d'entreprendre; mais après avoir bien pris toutes vos meſures, agiſſez, & n'imitez pas ce Muſicien, qui n'avait qu'une heure de temps, pour faire ſon coup d'eſſai devant un grand Prince, & qui l'emploïa toute entiére à accorder ſon inſtrument.

(1) Paradin, annales de Bourgogne.

Parler, promettre, tenir ; voilà trois choſes, dont on ſe repent ſouvent. Rien de plus commun que les deux premieres : rien de plus rare que l'autre.

Le plus lent à promettre, eſt le plus prompt à tenir.

Nous promettons ſelon nos eſpérances, & nous tenons ſelon nos craintes.

Soiez une heure avant de parler, un jour avant de promettre, & un mois avant de tenir : mais tenez.

Parler bien, beaucoup, vite, ſenſément, ne fut jamais l'ouvrage d'un ſeul homme.

Parlez bien, ou taiſez vous. Le premier fera briller vos talens : le ſecond cachera vos défauts.

Méfiez vous d'une perſonne, qui, dans un cercle, vous écoute ſans dire mot. Souvent elle eſt à craindre : quelquefois c'eſt un ſçavant.

Il eſt aiſé de ſe taire, on en ſçait toujours aſſez pour cela, & non pour parler.

Ne prenez jamais un ton de maitre; ne décidez jamais magiſtralement : la modeſtie ſert d'ornement à la vérité, & d'excuſe à l'erreur ; le rengorgement attire le contraire de ce qu'on attend : le mépris au lieu de l'admiration.

DES

CONSEILS.

ON ne donne rien ſi gratuitement que des conſeils.

Le temps eſt le meilleur de tous les conſeillers.

Il eſt plus aiſé de donner des conſeils, que d'en recevoir. Les gens déſprit ne veulent pas en avoir beſoin ; les ſots n'en veulent pas recevoir : celà revient au même.

Le premier point de la ſageſſe, eſt de donner de bons conſeils ; le ſecond, eſt de les mettre en pratique. David était perdu, ſi Abſalom eût ſuivi le conſeil d'Achitophel. (1)

Les vieillards ne prennent tant de plaiſir à donner, aux jeunes gens, de bons conſeils, que pour ſe conſoler du chagrin, où ils ſont, de ne pouvoir plus leur donner de mauvais exemples.

(1) Regum lib.

DE LA VALEUR.

LA crainte de la honte fait la valeur de bien des gens ; on n'expoſe ſouvent ſa vie, que pour conſerver ſon honneur ; C'eſt au moins un préjugé avantageux.

La crainte eſt excellente dans le cabinet ; mais elle ne vaut rien ſur le champ de Bataille.

La vraie valeur eſt celle, qui fait, ſans témoin, ce qu'elle peut faire devant tout le monde.

La vraie valeur ne consiste pas à se précipiter dans le danger, sans nécessité, & à s'y faire tuer, comme M. de Gramont à Fontenoi ; mais à le voir de sang froid, comme George II. à Dettingen. (1)

(1) Voltaire Histoire de la Guerre de 1741.

DE LA VIE

ET

DE LA MORT.

LA mort ne sçaurait être regardée fixément.

Pour son époux mourant, une femme éperdue
Voulait mourir. La Mort vint, & la femme pâlit ;
C'est pour lui, non pour moi, que vous êtes venue,
Lui dit elle, en tremblant : le voila dans son lit.

Un homme était étendu ſur ſon lit, prêt à rendre l'ame. Sa femme fondant en larmes, diſait qu'elle ne voulait point ſurvivre à ſon cher époux, & qu'elle voulait le ſuivre au tombeau. Elle appellait ſans ceſſe la mort à ſon ſecours. Celle-ci vint, & lui demanda ce qu'elle ſouhaitait. Ce n'eſt pas moi répondit la femme, qui vous ai appellée: c'eſt ce vieux bon-homme, prenez-le, je vous prie, & ne revenez plus ni l'un ni l'autre.

On craint de mourir jeune, & on redoute de devenir vieux: choſe tout-à-fait contradictoire.

Si la vie eſt miſérable, il eſt dur de vivre ; ſi elle eſt heureuſe, il eſt affreux de mourir : cela revient au même.

Toute la vie ſe réduit à trois points : naitre, vivre, mourir ; on ne ſe ſent pas naitre, on ſouffre à mourir : avec tout celà, on oublie de vivre.

On a vu des gens plaiſanter à l'article de la mort ; En voici quelques exemples.

Le Roi de France, aïant appris la maladie du ſçavant Rabelais, envoïa un de ſes pages pour en ſçavoir des nouvelles. Celui-ci, étant entré, dans le moment même, où Rabelais, de bon gré ou non, recevait l'extrême-Onction aux piés. Mon ami, lui dit Rabelais, va dire à ton maitre que je ſuis ſur mon départ, car on me graiſſe les bottes. (1)

(1) Paſſetemps Agréable, tom. 2.

Un Miniſtre Proteſtant, conduiſait à Tyburn, ſur une charette, un ſoldat, condamné à la corde. Comme le premier ne ceſſait de vanter au ſecond l'honneur, qu'il allait avoir de ſouper avec tous les Saints. Monſieur, lui dit le ſoldat, la gamelle me plairait beaucoup plus que ce Céleſte ſoupé ; j'ai toute ma vie vecu dans les Corps de Garde, & jaurais tout-à-fait l'air emprunté en Paradis. C'eſt pourquoi, Monſieur, vous qui êtes d'Egliſe, & qui, conſéquement, aimez les bons morceaux & la bonne compagnie, jevous prie de me laiſſer en cemonde, & d'aller ſouper, à ma place, dans l'autre. Mais l'Ecléſiaſtique n'ent garde d'aller ſur les briſées du Militaire.

On a vu des peuples, qui redoutaient la mort, dans leurs lits, & qui l'affrontaient dans une Bataille : il eſt vrai qu'elle eſt moins affreuſe ici, que là.

L'Anglais ne redoute la mort, ni au lit, ni à la tranchée. Le Français l'appréhende au lit, & va audacieuſement la braver ſur les rampars, en bas blancs, & en manchettes à dentelles.

DE LA SOCIETE.

L'AMOUR de la société est naturel, mais le choix dépend de la prudence, & d'une bonne éducation.

La conversation des sages forme l'esprit & le coeur : celle des sots gâte l'un & l'autre.

Soïez ce que vous paraissez, & paraissez ce que vous êtes.

Evitez la familiarité dans la converſation ; un air badin vous oterait la ſupériorité, que la gravité vous donnait.

La familiarité découvre les imperfections, que la réſerve cachait.

Si on vous demande, refuſez, ou donnez de bonne grace ; le plus fort eſt de donner : que coute-t-il de ſourire ?

La verité a de la force, la raiſon a de l'autorité, la juſtice du crédit ; aïez ces trois qualités, & ajoutez y la complaiſance, des maniéres gracieuſes, une connaiſſance pratique du monde : vous voilà un homme à la mode, & de miſe partout.

Ne cherchez jamais de grands termes, parlez naturellement : un discours aisé, coulant, charme les oreilles : les idées métaphysiques font faire pénitence à l'esprit.

L'orgueïl a toujours la honte pour suivante. S'énorgueillir de son sçavoir, c'est s'aveugler avec la lumiere ; s'énorgueïllir de sa vertu, c'est s'empoisoner avec l'antidote.

Un discours honnête, un air poli, des manières obligeantes : voila d'excellentes lettres de recommandation. Elles sont reçues partout : & vous avec elles.

Dans un cercle, ne faites jamais, ni le ſot, ni le fat, ni l'impertinent; le ſot dégoute, le fat bleſſe, l'impertinent aigrit. Le premier eſt embaraſſé de ſa perſonne, le ſecond en eſt content: le troiſième veut l'être des autres.

Ne pouvoir ſupporter toutes ſortes de caractères, c'eſt en avoir un fort mauvais. Il en eſt de la ſociété, comme du commerce; il y faut du papier, des Guinées, de l'or, de l'argent, des Chelins, & des Epenets.

Il y a du danger à ſe familiariſer avec ſes ſupérieurs, & de l'indécence avec ſes inférieurs. Les Francs-Maçons ne ſeront peut-être pas de mon avis; je les en félicite: on ſçait qu'ils ſont tous fréres par *trois fois trois*.

Etre reſpectueux avec ſes ſupérieurs, eſt un devoir; l'être avec ſes égaux eſt une politeſſe; avec ſes inférieurs, eſt une nobleſſe, & l'être indifféremment avec tout le monde, c'eſt le comble de l'habilité.

Me prifez fouverainement, les médifans & les calomnïateurs les gens de cette efpéce ne peuvent vous faire du tort. Comme ils nont aucune réputation, ils veulent que tout le monde leur reffemble. Ce font de vils *Zoiles*, de contemptibles *Therfites*. (1) L'approbation de telles canailles ferait votre honte : leur blâme fait votre éloge.

(1) Homer. Odiff.

DE LA FORTUNE.

TOUT homme a, dans ses mains, ou dans sa tête, le moule de sa fortune.

Un esprit subtil, transcendant, fait, tôt ou tard, sa fortune : c'est un Sphinx dans un doute, un fil d'or dans un Labyrinthe.

On va grand train, quand on remarque les défauts d'autrui, & qu'on se corrige des siens. C'est trouver sa fortune, où les autres trouvent leur ruine.

Il faut avoir 30 ans, pour commencer ſa fortune, elle n'eſt pas faite à 50. On bâtit dans ſa jeuneſſe : & il faut mourir quand l'édifice eſt achevé.

Les hommes éprouvent l'or avec la pierre de Touche, & l'or eſt la pierre de Touche pour éprouver les hommes.

Il y a des malheurs heureux, & des bonheurs malheureux ; la chute du Coloſſe de Rhodes, (1) fit la fortune des Rhodiens : & la ruine de Carthage, fit la perte de Rome. (2)

(1) Polyb. Hiſtor.

(2) V. Patercul. Hiſtor.

L'argent eſt quelque choſe de ſingulier. Le plus ou le moins d'eſpéces met une étrange diſproportion entre les hommes. Ce *plus* détermine à la Robe, à l'Epée, à l'Egliſe : ce *moins*, à la filouterie, à la mendicité, au couvent.

La prévention, l'orgueil, l'intérêt, la ſingularité, le libertinage, la fanéantiſe : voila l'origine des ſchiſmes, des héréſies, & des moines.

La fortune ſe moque ſouvent des projèts les plus ſagement concertés. Elle tourne tout à ſon avantage : jamais perſonne ne fut plus heureux que le Maréchal de Villars : perſonne ne le fut moins que Guillaume III. cependant quelle différence entre ces deux hommes !

DU VRAI BONHEUR.

CE n'eſt pas l'or, qui nous rend heureux. Une bonne ſanté, une conſcience ſans reproche, une réputation ſans tâche, peu de deſirs, *l'aurea Médiocritas* d'Horace: (1) voila le vrai bonheur. Je puis rire, ſans être Chancelier d'Angleterre, ou Viceroi d'Irlande.

Un vrai malheur, c'eſt de n'avoir rien à deſirer, & tout à craindre.

(1) Horat. Od.

Les richeſſes corrompent l'ame : la pauvreté l'avilit.

Les petites fortunes coûtent beaucoup : les grandes ſe font à peu de frais.

Vouloir ſe rendre heureux par la poſſeſſion de ce qu'on ſouhaite, ce ſerait vouloir éteindre du feu avec de la paille.

Vouloir embraſſer tous les objèts, que nous offre le tourbillon des choſes humaines, c'eſt s'expoſer à n'en ſaiſir aucun ; naïez qu'un but ; regardez tout le reſte comme des moïens.

Le monde réel a ſes bornes ; le monde imaginaire n'en a point. Ne pouvant élargir l'un ; retréciſſons l'autre : de leur ſeule différence dépend notre bonheur.

Who lives to nature, rarely can be poor ;
Who lives to fancy, never can be rich. (1)

On n'eſt jamais ſatisfait de ſon état préſent ; le Cadet voudrait être Capitaine ; le Colonel, Lieutenant Général. Le juge à paix, Lord Maire.

(1) Dr. Young's Night Thoughts, Night 6.

Une même action a quelquefois deux principes différens : l'ambition, & le désintéressement. Sylla abdiqua par celui-ci, & Charles Quint par celle-là. Le Dictateur rendit sa patrie esclave, pour la mettre en liberté, l'Empereur, las de commander aux vivans, voulut encore régner sur les morts : il se fit *Supérieur* de Moines ; & passant, du faîte de la gloire, au comble de l'infamie, celui, dont la passion avait été autrefois de gagner des victoires, de commander à des Rois, n'en avait plus d'autre, que de voir la mauvaise compagnie, de chanter *Matines*, & de commander à la canaille.

DE LA PRODIGALITE

ET DE

L'AVARICE.

CELUI qui épargne tout, eſt auſſi à plaindre, que celui qui n'épargne rien. Le premier eſt pauvre, au milieu de ſes tréſors, le ſecond eſt en danger de mourir de faim, avec 20000 l. Sterlins de rente.

L'avare avec, ſon coeur, enterre ſon tréſor,
On le vole, ah ! dit il, jeſuis à la bezace ;
Mettez, lui dit quelqu'un, une pierre à la place :
Elle vous ſervira tout autant que votre or.

Il y a beaucoup de remèdes pour la prodigalité : mais la Pharmacopée entiére n'en a encore pu trouver un pour l'avarice.

Il n'y a point d'aſſociation plus voiſine, que celle du faſte & de la lézine. J'ai connu une perſonne, qui donnait, le dimanche, à ſes amis, le diné le plus ſplendide, & qui ne mangeait que du fromage, le reſte de la Semaine.

Ceux qui font de folles dépenſes, ſous prétexte qu'ils ont beaucoup de bien, reſſemblent aſſez à un cuiſinier, qui ſalerait trop ſes ſauces, parce-qu'il aurait beaucoup de ſel.

J'ai connu un jeune homme, qui a trouvé le ſecrèt de fricaſſer, en trois ans, ce que ſon pére n'avait amaſſé qu'en trente. Je l'ai vu déjeuner dans l'abondance, diner dans la médiocrité, goûter dans la pauvreté : il ſoupe dans l'infamie.

Il eſt de jeunes gens, fort riches, mais ſi idolatres de leur Garde-Robe & de leur Toilette, qu'ils croïent leur honneur intéreſſé à porter, ſur leur dos, le revenu de toutes leurs terres.

Ceux qui ont diſſipé leur fortune, ſans le ſecours de perſonne, vous préteront volontiers le leur, pour manger la votre : ſemblables au Renard de la fable, qui aïant perdu ſa queue, voulait perſuader aux autres de ſa défaire de la leur, comme d'une choſe tout-à-fait inutile. (1)

Il faut être ménagé de bonne heure : il eſt trop tard, quand on a tout fricaſſé.

Pour amaſſer de grandes ſommes, il faut joindre les plus petites : la plus grande ou la plus petite commencent également par une piéce de monaie. Il n'y a que le premier ſac de cent piſtoles, qui coute à mettre de coté.

(1) Eſop. fabul.

DE LA GLOIRE ET DE LA REPUTATION.

LE moïen le plus sûr d'acquerir de la gloire, c'est d'avoir du mérite.

On peut se faire une grande réputation, quand on en a encore aucune : mais il n'est pas de remède pour une réputation ternie.

Il eſt des gens, qui ne s'occupent que de projèts glorieux & à perte de vue. Ils cherchent ſans ceſſe les moïens de gouverner tout l'univers, & ne peuvent trouver ceux de gouverner leur ſervante. Un homme, connu dans toute l'Europe, eſt la preuve de ce que j'avance.

Il eſt également aiſé de ſe faire une bonne réputation, ou une mauvaiſe : une femme vous procurera la premiere, & une coquinerie la ſeconde. L'une & l'autre peuvent être l'ouvrage de peu de temps : & vous voilà perdu, ou ſauvé, dans un quart heure.

Un grande ame s'occupe à faire de belles choſes : un ſot s'en tient à l'admiration.

Le mépris de ſots n'eſt rien: l'eſtime des ſages eſt d'un grand poids.

La richeſſe & la liberté donnent à l'Anglais cet eſprit orguïlleux, ſi propre à deffendre l'une & l'autre.

Souvent un peuple ſe glorifie de ce qui le déſhonore: j'en connais un, qui montre ſes fers avec oſtention, à peu-près comme un laquais, fier de la livrée de ſon maitre.

Plus on eſt élevé, plus on eſt près de ſa chute.

L'orſqu'on eſt au Zénith de la gloire, le moindre faux-pas précipite dans le Nadir de l'infamie. Que les vers de Claudien, ſur ce ſujèt, ſont beaux ! qu'ils ſont inſtructifs !

Tolluntur in altum,
Quò caſu graviore ruant. (1)

L'exemple d'Icare eſt pour nous une excellente leçon. (2)

(1) Claudian. in Ruffum.

(2) Natal. Comes in Mythologiâ.

DES PROCES.

LE devoir des juges eſt de rendre la Juſtice ; leur métier eſt de la vendre. Quelques uns font bien leur devoir, mais encore mieux leur métier.

Méfiez vous de la Juſtice en général ; ſouvent elle eſt injuſte, & preſque tojours intéreſſée

Si quelqu'un veut-vous oter votre habit, laiſſez lui prendre encore votre veſte, & ne plaidez pas, car ſi les Gens de Loix intervienent ; ils vous laiſſeront ſans chemiſe.

Quiconque met ſes biens à la merci de la Juſtice, joue ſa fortune à la Lotterie, ou au jeu de Biribi, où le banquier a, pour le moins, 50 pour cent de bénéfice

il y a des gens, qui ne pouraient vivre ſans procès. Guillaume III. offrit un jour à un Seigneur Anglais de faire terminer les ſiens, je le veux bien, Sire dit le my lord, mais je ſupplie votre Majeſté de m'en laiſſer ſeulement une douzaine, pour paſſer agréablement ma vie.

Un jour les deux mains eurent un grand procès, où il s'agissait de la prééminence. La Justice décida pour une parfaite égalité entr'elles ; & c'est depuis ce jugement fameux, que les Avocats, les Commissaires, les Procureurs, sans oublier leurs Clers, pillent également des deux mains, & aussi adroitement de l'une que de l'autre.

On ne sçaurait trop admirer la maniére équitable, dont le Parlement vient enfin de terminer un de plus fameux procès, qu'il y ait jamais eu dans le Grande Bretagne.

Une telle décision est digne de la bonté de la cause: digne enfin du Parlement d'Angleterre.

J'ai aſſez de bien pour moi, diſait M. le Duc d'Hamilton, quelques jours avant ce jugement célébre ; pourquoi veut on dépouiller M. Douglas? J'en ai aſſez pour moi, diſait à ſon tour, celuicy, & ſi je pourſuis cette affaire avec tant de chaleur, ce n'eſt nullement pour augmenter ma fortune, mais pour conſerver ce que j'ai de plus cher au monde : c'eſt à dire mon honneur; paroles bien remarquables dans ces deux jeunes ſeigneurs, les premiéres par leur humanité, les ſecondes par leur nobleſſe.

De La SOBRIETE.

VOULEZ vous vivre longtemps? n'imitez pas ce Roi d'Aſſyrie, Epicurien de profeſſion, qui ne mangeait pas pour vivre, mais vivait pour manger, & qui ſe fit une Epitaphe, plus propre à être miſe ſur le tombeau d'un cochon, que ſur celui d'un homme.—La voici :

Πινε, εσθιε, ϗ αφροδισαζε : αλλα δε ουδεν. (1)

Bois, mange, & divertis-toi bien :

Car le reſte n'eſt rien.

(1) Athénée

N'imitez pas la plus grande partie des Anglais, qui ſont toujours au lit ou à table, & qui boivent, mangent, dorment, ou fument toute leur vie.

Imitez la frugalité des Caridiens, qui vivent un ſiécle, & qui, pour toute nourriture ne prennent que des légumes ; ils ſont néanmoins ſi vigoureux, que leurs femmes, n'ont pas ſujèt de s'en plaindre.

Imitez Kekepeer, qui par ſa grande ſobriété vécut 300 ans. (2)

(2) Lopez, hiſtoire de Portugal.

Imitez ce Chanoine Anglais, mort agé de 186, (3) & qui ne dut une ſi longue vie, qu'à ſa ſobriété, vertu rare dans un Chanoine.

Imitez ce Dauphinois, mort âgé de 153 ans, qui, interrogé par un Cardinal, comment il avait pu vivre ſi longtemps ; c'eſt dit il, en travaillant beaucoup, & en mangéant peu ; jevous conſeille, Monſeigneur, d'en faire autant. Bien entendu que le Cardinal n'en fit rien: Le travail & la ſobriété ne ſont pas faits pour une *Eminence.*

On ſe fait quelquefois un mérite d'une néceſſité : Sixte V. en eſt la preuve. Avant

(3) Traite de la prudence humaine.

d'être Pape, Sa nourriture n'était autre chose, que du pain & de l'eau, & loin d'en faire un myſtère, il avait ſans ceſſe ces paroles à la bouche:

Panis & aqua
Eſt vita beata.

mais quand le Grivois ſe vit ſur la Chaire de St. Pierre, il mit ſa cuiſine ſur un tout autre pied : il diſait pour lors.

Aqua & panis
Eſt vita canis.

Et pour qu'il ne fût pas dit qu'un Pape eût, pour la table, rien de commun avec un tel animal, ſa Sainteté prit le pieux parti de ne manger dans la ſuite que cequ'il y aurait de meilleur: & le tout, pour la plus grande gloire de Dieu.

DE LA TOLERANCE.

ROIS! permettez la Tolèrance. Déteftez à-jamais les exécrabes journées de Gorcum (1), d'Irlande, de Cabriéres, de Mérindol (2), & de la St.Barthéleme; (3) Les difputes Théologiques ont plus fait de mal, que le vin, l'épée, le jeu, les procurcurs, les médecins & les femmes (4).

(1) Le P. N . . . hift. de Duc d'Albe.

(2) Varillas. hift. de Francois I.

(3) Perefix. hift. d'Henri IV.

(4) Voiez M. de Voltaire. Tr. de la Tolérance.

L'Edit de Nantes ſauva la France, ſa révocation la ruina, & enrichit la Pruſſe, la Hollande, & Genève. Tout cela fut l'ouvrage du Confeſſeur de Louis XIV, vendu à la Cour de Rome.

Imitez la Hollande, la Turquie; on y tolére toutes ſortes de Religions. En Angleterre, on menace d'envoïer à Tyburn, quiconque troublera l'Etat : & tout le monde eſt tranquille. Il eſt vrai qu'il n'y a pas de moines.

DU COMMERCE, ET DES NEGOCIANS.

ROIS! favoriſez le Commerce, il enrichit vos Etats. Tout païs, ſans Commerce, ſera pauvre: Voila pourquoi, en Savoïe, on voit tant de miſéres, de dévotion, & ſi peu d'argent.

Diſtinguez avantageuſement les fameux Négocians. Combien de ſervices importans n'ont ils pas rendus quelquefois à l'Etat! rapellez vous le trait glorieux de ce négotiant de Prague (1), & celui des Suggers d'Augſbourg (2), Chez qui Charles Quint ne fit point difficulté de loger. Le Roi de Dannemark, en qui l'on voit briller, de bonne heure, ces qualites, ces vertus, & ce feu qui annoncent les hèros, n'accordat il pas derniérement le même honneur á Mr. Millet, de Douvres, un des plus riches, des plus grands, des plus eſtimés, &, qui plus eſt, des plus eſtimables, Négocians de l'Europe.

(1) Pogge.

(2) Lacombe. dict. d'anecdotes.

DES SECRETS.

UN prince ne doit jamais dire ſon Secrèt à un ſavori ; car ſi ce favori eſt riche, & d'humeur à répandre de l'argent, le Prince, à coup ſûr, ſera trahi.

C'eſt quelquefois un grand malheur de ſçavoir le Secrèt d'un Prince. Combien les Cardinaux de R******** & M****** en ont fait périr, qui n'avaient commis d'autre crime, que celui d'être auſsi ſçavans qu'eux ſur certaines matiéres d'Etat !

Que voulez vous que je vous accorde? disait Roi d'Angleterre à un Seigneur Irlandais, qui avait bien mérité de l'Etat: tout ce que votre Majesté souhaitera, répondit l'Irlandais, excepté un Secrèt: Il avait bien raison.

D'ailleurs, combien peu sont capables de garder un Secrèt! il est des gens, disait un Philosophe, (1) qui ne différent en rien d'un crible, qui laisse tout passer à travers. c'est bien l'à le *plenus rimarum*, de Terence (2).

(1) Diogènes Vers Dorés.

(2) Terent, Andr. et Adelph.

Dans une affaire hazardeuſe n'aïez d'autre confident, que vous même: que l'anecdote ſuivante ſoit pour vous une bonne leçon.

Un Italien, homme d'eſprit, avoit fait des vers ſatyriques contre Sixte V. qui fit ſon poſſible pour en découvrir l'auteur. Il invoqua même, pour cela, les lumières du St. Eſprit. mais cette ſeconde perſonne de la Trinité ne jugea pas à propos de ſ'immiſcer dans une affaire, où il n'était queſtion que d'un Poëte; celuicy, aïant ſçu tous les mouvemens, que ſa Sainteté ſe donnait pour le découvrir, mit ſecrètement un jour ces mots ſous ſa ſerviette:

No ſoprai ſantiſſimo Padre
Quando lo feci, era ſolo.

* * * *
* * *
* *
*

DE LA POLITIQUE.

LES Châtimens & les récompenſes: voilà le fondement de tous les Etats. Les premiéres arrêtent une ame baſſe, les ſecondes encouragent un coeur généreux. Ceux-ci ſont des éperons pour les uns, & ceux-là des brides pour les autres; c'eſt la véritable balance d'un bon Gouvernement, mais il eſt de la plus grande importance qu'elle ſoit entre les mains d'un Miniſtre équitable, judicieux, éclairé, & jamais d'un homme d'Egliſe.

Je conſeillerais à un bon Miniſtre de prendr, pour ſymbole, la ſtatue d'Appollon, qu'on nous repréſente avec une harpe & une lance; l'une pour déſigner la force, & l'autre pour marquer la douceur (1).

L'amour des peuples eſt, pour un ſouverain, la baze, la plus ferme de ſa grandeur, & même de ſa ſureté: il vaut ſeul plus de vingt Compagnies de Gardes du Corps.

L'émulation, qui règne entre les courtiſans, fait la ſureté du Prince: voilà pourquoi *Henry* IV. voïait, avec tant de plaiſir, la méſintelligence de Sully & de d'Epernon (2)

(1) Giraldus. imgines Deorum.

(2) Sully. mémoires.

C'eſt une grande habilité de parler le dernier au Parlement: par là, on ſe rend maitre de la force d'autrui, avant de montrer la ſienne.

Un Parlement eſt le miroir, le plus fidel, où un ſouverain puiſſe diſtinguer le bonheur de ſon peuple, & ſon propre intérêt.

Rien n'eſt plus funeſte, pour un Etat, que d'être gouverné par un Miniſtre ignorant: tout eſt perdu s'il eſt d'Egliſe. Malgré cela,on a, de tout temps, eu en France, des Cardinaux pour Miniſtres: la mode n'en eſt pas encore paſſée.

Duperron (1), Richelieu (2), Mazarin (3), Dubois (4) crïaient tout haut contre Machiavel : ils l'imitaient tout bas; ils parlaient comme J. C. & agiſſaient comme Alexandre VI (5) : le ſeul d'Amboiſe (6) fut un miniſtre honête homme, quoique d'Egliſe.

(1) Paſſetemps agréable. T. 2.

(2) Auberi hiſt. du C. de Richelieu.

(3) Richard. Parallèle du C. Mazarin.

(4) La Grange, Philipiques.

(5) Gordon, hiſt. d'Alexandre VI.

(6) Gédoin. hiſt. du C. d'Amboiſe.

Il n'eſt point de la Politique d'un Prince de ſe nommer un ſucceſſeur: ce ſerait ſe déſhabiller avant d'être prêt à ſe mettre au lit. L'héritier même n'eſt quelquefois pas à l'abri de l'envie du teſtateur: le pére de Charles Quint en eſt une triſte preuve (1).

Un Prince, qui veut conſerver ſa couronne, doit toujours avoir & de l'argent, & des Troupes pour la deffendre (2).

(1) Dorleans, Révolutions d'Eſpagne.

(2) Machiavel. Lib. de Principe.

L'argent eſt le nerf de la Guerre, & l'objét de l'affection des hommes. Un Roi, qui en a beaucoup, devient puiſſant dans l'une, & maitre abſolu dans l'autre.

Un Prince nuit plus à ſes ennemis par ſa Politique, que par ſon épeé. Charles V. Roi de France, fit peut-être autant de mal à l'Angleterre, ſans ſortir de ſon cabinet, que l'Angleterre n'en fit à la France, dans les plaines de Poitiers, de Créci, & d'Azincourt (1).

(1) Froiſſard, hiſt. de ſon temps.

Un Souverain, dont le pouvoir eſt borné, ne doit jamais expoſer ſes petits Etats aux hazards d'une bataille; car s' il la gagne, ſa petiteſſe mettra un obſtacle à de trop grandes prétenſions. S'il la perd, il ſe perd avec elle. Le vanqueur commence par le dépouiller, & le vaincu finit par mourir à l'hôpital. La Maiſon de Brandenburg, dans ses commencemens, a ſuivi cette maxime; Aujourdhui, elle livre des batailles tout auſſi bien qu'une autre, & les gagne encore mieux. Elle a commencé, depuis peu, à ne plus craindre l'hopital: & elle finira, peut-être, par y envoïer les autres.

FIN.

www.ingramcontent.com/pod-product-compliance
Ingram Content Group UK Ltd.
Pitfield, Milton Keynes, MK11 3LW, UK
UKHW031905260826
14628UKWH00003B/1008